벌레 신화

벌레 신화

이재훈 시집

민음의 시 225

민음사

할 일은 많은데.
더 울어야 하고
더 위험하게 살아야 하고
더 버려야 하고
더 챙겨야 하고
더 놀아야 하는데.
늘 빗소리에 마음을 뺏겨
처연한 시간 속에 머문다.
나는 명왕성에서 온 첩자.
벌레의 소리를 우주에 송신한다.
이런 작고 이상한 소리도 있다는 걸
자꾸만 들키는 여름밤.

카프카 독서실에서
이재훈

차 례

1부

벌레

꽃 속에 산다.
웅덩이에 잠겨
달콤함에 취해
먹고 싸며 늙는다.

그곳이 지옥인 줄 알고
기어 나올 때

지옥을 보려고 온 사람들
예쁘다고 기념할 때

벌레들끼리 서로 눈 마주쳐
징그러워 깜짝 놀랄 때

마지막 계절은
툭 떨어진다.

뿔

묵시의 날들은 자주 온다.
존재하지 않는 몸들의 방랑.
여기 있고, 여기 없다.
있거나 없거나 한 몸의 일부.
찬미의 노래를 불러도
깊은 바다의 침묵을 길어 올려도
변하지 않는 뼈.
수난이 없는 몸은 역사가 없다.
내 머리칼을 쥐고 흔드는 소리들.
본인이 중심이라 믿는 비겁자들.
열등의 망막이 세계로 나 있는 유일한 창.
거리 한가운데서 벌거벗은 사내를 보았고
손가락들은 늘 굽은 채로 있었다.
오직 죽기 위해 춤추는 날들.

창밖으로 머리를 내민 채 바람 소리를 듣는 귀.
죽기 전에 모두 잘라 내야 하는 몸의 일부.
욕망은 운명까지도 모두 거스르지.
기근보다 더한 맨살의 고통.

사람들의 무릎 밑에 엎드려

내 가장 존귀한 뼈를 내맡기는 시간.

지옥이라 부를까.

창이 내 옆구리를 찌르고, 꼬리는 빠져 시큰하고

벌건 불속에서 뼈를 드러낸 채

날뛰는 날들을 일상이라 부를까.

고통은 모두 참을 수 있지만, 뿔은 아니지.

뿔, 하고 혼잣말을 되뇌면 한동안 행복했는데.

잠깐이라도 내 머릿속을 텅 비울 수 있었는데.

너덜너덜해진 빈 육체가 되어 울고 있네.

뱀이 몸을 휘감아 숨을 쉴 수가 없네.

일상이 일상을 읽는 밤.

내 몸이 불어 터져 고통을 읽는 밤.

뿔을 잃고 읊조리는 밤.

기이한 탄생들

눈이 내리고
돌계단은 어둡다.
지붕 위로 종소리가 스며든다.
안개는 삽시간에 폭우처럼 밀려들고
문틈으로 이방인의 발자국이 들린다.
바닥이 갈라지고, 먼 바다가
깊은 구역질을 한다.
늘 언제 밟힐지
혹은 언제 독살될지 두렵다.
하지만 그건 잠시뿐.
기이한 일들이 생기기도 한다.
본래 천사였지만 서서히 타락해 버린
한 망혼(亡魂)이 내 가슴을 찢고 들어온다.
세상의 온갖 나쁜 소문들이
영의 권리를 가지려 날 꼬신다.
타인의 영혼을 훔치면 왜 안 되는 거니.
인간은 반성하는 족속들.
가끔씩 드러나는 이적들에 눈을 감는다.
나는 금식을 한다.

위일까, 십이지장일까.
비릿한 냄새 가득하다.
출신이 모호한 이름들이
입 밖으로 쏟아져 나온다.

벌레 신화

눈물을 흘리지 않는 육체이고 싶어요.
내 몸을 위해 가련해지는
네 몸을 위해 가증스러워지는 밤들.
바닥 여기저기 팔랑거리는 목숨들.
머릿속에서 흐르는 피로 글자를 쓰겠어요.
어떤 두려움도 없어요.
악마의 책을 만난다면
내 살의 무늬를 들어 보이겠어요.
채찍이 내 피부에 감겨 살점이 떨어져 나가고
가시가 박혀 걸을 때마다 발바닥이 갈라져요.
뱃가죽이 찢어져 창자가 흘러내려도
나는 기쁘겠어요.
내 몸이 곪아 칼로 피부를 도려내는 기쁨.
잠자는 육체는 딱딱하고 차가워서 늘 황홀해요.
비감한 게 문제라면 문제지요.
풍습을 거스르고 바람을 거스르고
스승을 거스를 수 있다면 그렇게 하지요.
헤진 뱃가죽이 갈비뼈를 비벼 댈 때
나는 늘 목적 없이 웃었어요.

수줍어하며 웃었어요.

그러다 강력히 기었어요.

고백하고 싶은 몸을 찾아 기었어요.

더 이상 죄를 짓지 않기 위해

검은 장막을 걷고 딱딱한 길을 넘었어요.

발목은 시려웠지만 뱀의 소리를 흉내 냈어요.

심장처럼 시간을 지켜 주었으면 해요.

나는 다시 이 땅으로 올 거예요.

새로 태어난 우상들.

땅을 호령하는 지배자들에게 말하겠어요.

대지의 증인은 흙이며

흙의 몸은 바로 우리의 시체라고.

짐승의 피

울부짖었지. 허벅지가 패이고 뺨에 피가 흐르지. 우리는 어디에서 짐승처럼 왔을까. 당신의 기별을 기다리며 안절부절하는 날들. 먼 시간을 건너왔을까. 천 년 전부터 서로의 몸을 기억했을까. 기억이란 늘 중심이 다를 텐데. 쏟아지는 빗속을 뚫고, 검은 밤의 시간을 가로질러 왔지. 그때 우리는 참담했을까. 누군가는 나를 기억하고, 누군가는 내가 뱉은 말들을 기억하지. 아무도 없이, 아무에게도 위로받지 않고 잠들고 싶지.

내 겨울엔 소리가 없지. 모든 사물은 배경으로만 존재할 뿐. 두려움은 애초에 없는 것. 문을 열고 나가면 그뿐인데. 전략 없는 삶이 늘 자랑스러웠지. 슬픔에도 정도가 있다면 나는 어떤 고통에 닿았을까. 우린 숨고 싶어 안달난 사람들. 묘한 시간이 지나면 어느덧 詩의 동지들. 불을 만지고, 물을 만지고, 공기를 만지는 손들.

우울이 병은 아니지. 무엇을 요구할 수 없는 사십 대가 된 것뿐이지. 달이 떠오르는 시각. 달빛의 광경보다 텅 빈 마음이 들어온 거지. 중년의 형편이 가장 누추할 때. 땀이 며 피며 살갗이 흘러내리지. 그저 또 다른 시간에 이른 것. 도시에서, 혹은 상스럽고 선정적인 인문학의 세계에서.

치미는 몸

나신으로 잠든 여인을 그리네. 그리워하는 병에 걸려 매일 참회의 시를 쓰지. 독을 먹고 거울에 몸을 비추면 거리에서 들리는 모든 철학이 뱃속에서부터 치밀어 올라. 내가 매일 서러운 것은 단지 이 몸뚱이 때문인데. 늘 몸의 말들이 머릿속에서 왱왱 대지.

졸고 있는 오후. 몸이 여러 조각으로 나뉘어 이리저리 펄럭이네. 나를 부르는 소리, 내게 명령하는 소리, 멀리서 풍겨 오는 몸 썩는 소리. 푹 썩어 물컹한 몸으로 의자에 파묻히네. 저녁이 되면 식탁에 앉아 뱃속에 고기를 욱여넣지. 육즙을 맛본 혀가, 살 씹는 맛을 아는 혀가 쉬지 않고 날름거리네. 살을 뜯어 먹고, 쪄 먹고, 튀겨 먹고, 태워 먹고. 살 먹는 소리가 자정이 지나도록 쩝쩝 쩝쩝쩝 들리지.

내 몸이 썩고 썩어 문드러지면 폴폴 날리는 꽃잎으로 남을까. 신비한 탄생의 시간을 생각하니 심장이 두근거리네. 꽃잎이 가장 장중하게 땅에 내린다네. 온 대지가 울리고 뜨거운 눈물이 차오르는 경험을 주기도 하지. 모든 비밀을 알고 있는 땅에 귀를 대겠네. 밤새 꽃을 듣겠네.

햇칼

늘 어둡다. 구석진 곳으로만 들고 난다. 대지가 아닌, 동굴의 습한 곳이 내가 꿈꾸는 곳. 어스레한 어둠 사이로 햇살 한 줄기. 길게 뻗어 내 눈을 찌른다. 아무것도 보이지 않는다. 눈이 터질 것 같다. 뒷덜미가 서늘해 만져 보니 가늘고 날카로운 칼끝. 한 줄기 칼이 머리를 관통한다. 박힌 칼을 뽑아낸다. 뜨겁다. 살 타는 냄새가 나고, 나는 혼절한다.

다시 절벽. 아래엔 검은 물이 흐른다. 구름은 빠른 속도로 바위를 훔치고 달아난다. 나는 절벽에 달라붙어 기어오른다. 저 아래의 검은 물로부터 가장 먼 곳으로 가기 위해. 등허리가 따끔따끔하다. 먼 산에서 몇 줄기 햇살이 긴 협곡을 빠져나와 내 등에 박힌다. 절벽의 난간에 동굴이 있다. 나는 패배한 것일까.

온몸에 박힌 햇살을 하나씩 뺀다. 고통스럽지만 황홀하다. 동굴을 나가 하늘을 본다. 파란 하늘 가득, 햇살이 쏟아져 내린다. 얼른 옷을 벗는다. 알몸으로 하늘을 올려다본다. 수많은 햇살이 내 몸에 박혀 반짝반짝 빛을 낸다.

몸은 뜨겁게 허물어져 간다. 저 아래 검은 물을 향해 햇살 한 줌으로 날아가고 싶다. 밝고 뜨거운 칼. 끝이 보이지 않는 텅 빈 계곡을 날고 싶다. 아무에게도 보이지 않는 투명한 몸이 되어. 번쩍.

녹색 기사

이제 군주는 필요 없다.

해거름 만나는 노을만 있다면

세계는 그럭저럭 굴러갈 것이다.

비파 소리 들리는 낮은 식탁.

느릿한 음악에 몸을 뭉개는 시간.

음식은 부패해 가고

우리들은 취해 간다.

부족한 것 없는 삶이 가능할까.

꿈도 없이 빠져드는 색(色)을 탐할 때

예언자는 나타나야 한다.

하지만 녹색 망토를 입은 시인은 이제 없다.

들끓는 색에 몸을 담그고

안달하던 시간도 이제는 없다.

예언도 사라지고

초월도 사라지고

왜소한 지식을 입에 문 기사(騎士)들만 즐비한 곳.

자기 경험을 강요하는 꼰대들.

침을 질질 흘리며 풋풋한 냄새를 킁킁대는 위정자들.

그 범벅에서 더러운 꽃으로 피고 싶었다.

호랑가시나무는 어디에 피었는가.
꽃도 가지도 없는 막막한 땅 위에
녹슨 도끼만 덩그마니 놓여 있다.
저 도끼로 당신의 몸을 쪼개고 싶다.
꽃잎 터지는 소리 들릴 듯 말 듯 하다.

주술적 인간

몸에서 흙냄새가 난다.
난파된 배에 묶여 귀신들의 비방을 들은 적 있다.
비바람은 큰 정적 속으로 빨려 들었다.
아이를 잡아먹는 꿈을 꾸고 난 새벽.
씨앗이 되고 싶었다.
아스팔트를 뚫고 올라가
역전에 누워 있는 노숙자들에게 닿고 싶었다.
멸시는 인간들을 억척스럽게 살아가게 하는 힘.
깊은 골짝에 들어가 기도를 하고
다시 인간의 운명을 얘기해도 된다.
어쩔 수 없이 사악하고
어쩔 수 없이 비겁한 인간에 대해
흉하다 말라.
나무와 새들, 구름을 직유하는
언어들은 모두 인간의 욕망에서 나온 것.
수난의 권리가 없는 나무들은
무책임하게 자라고
꽃들은 무책임하게 시든다.

웅성거리는 사람들의 목소리가 들린다.

내 육체는, 썩으면 파리들과 구더기들의

생명의 성소(聖所)가 될

내 육체는, 아름다울까.

춤이라도 출까.

내 육체로 당신의 영혼을 말할 수 있을까.

듬성듬성 당신의 목소리를 듣는다.

애써 당신의 운명을 노래한다.

밀랍(蜜蠟)

오염된 목덜미에 손톱을 갖다 대면
당신의 목소리가 팔뚝 위를 뛰어다니지.
낭창낭창한 힘줄들.
소곤대며 두려운 밤을 지켜 주지.
기착지는 어디일까.
뼈들이 비대하게 자라고
피의 색깔이 변하는 도시.
스스로의 시간에 묶여
하늘의 목소리는 듣지 못하지.
싸우고 차지하는 법을 배우고 가르치지.
내장을 편하게 하는 법칙들.
슬픔 없는 몸의 성분들.

제발, 먼 곳을 쳐다보지 마오.
바로 아래 구두를 쳐다보오.
자꾸 내려앉는 눈꺼풀에 신경 쓰시오.
당신에게 조금 미안하오.
이 땅이 종착지는 아니오.
잠시, 거치는 세계잖소.

그렇다고 너무 억울해 마오.
이 땅이 당신에게 어머니를 선사했잖소.
당신의 피를 받아 들이키는 신비의 소리가 들려오오.

몸을 만져 보면
구멍 난 몸 여기저기서 걸쭉한 피가 흐르지.
추억이라 하기엔 낭만적이지.
자 이제 갈 때가 된 것.
당신에게 밥이 될 수 있을까.
살갗이 투명하게 변하지.
끈적끈적하게 녹아 가지.

수메르

흉흉한 꿈을 꾸었다. 알몸으로 고기를 굽고, 여인을 만나는 꿈. 하늘과 불을 상상하는 기원전의 시간. 숨 쉬는 것들은 천 개의 이야기를 밤새 노래했다. 검은 머리의 사람들이 북적였다.

마차를 타고 하늘까지 올라갔다. 멀리서 금을 캐는 여자를 봤다. 그들을 좇는 연금술사들과 역사가들이 보였다. 그리운 것일까. 짐승마냥 털이 숭숭 올라왔다. 이전의 기억들이 스멀거렸다. 머리가 깨질 듯이 아팠다.

파라오의 꿈과 마술사의 현혹과 예언자의 증언이 수런거리는
수메르의 밤.
수메르의 사람.
수메르의 당신.
그리고 서울, 지금.

주위엔 최초의 물질들만 있다. 저 멀리 길가메시의 노래가 들렸다. 목청껏 부르며 고백했다. 이 땅의 모든 정열이

불타올랐다. 꿈의 비밀을 알 것 같았다. 새소리를 해독할 것 같았다. 당당히 전전긍긍하는 아침이 수런거렸다. 꽃잎 하나가 새로운 땅을 찾아 날아갔다.

빙하의 고고학

기괴한 음악이 흘렀다.

한 발자국 디딜 때마다 발가락에 진물이 배었다.

희망도 없이 차가운 얼음에 달라붙어

온몸을 바람에 내맡긴다.

멀리서 들려오는 소리들.

밤바다 소리인가.

사람들이 웅성거리는 소리인가.

글자를 긁적이는 소리인가.

머리칼로 눈을 가린 채 무릎을 꿇었다.

노래를 불렀고, 이내 울음이 되었다.

아니, 당신을 늘 바라보는 검은 하늘이 되었다.

빙벽의 중간에 검은 동굴이 있었다.

어둡고 눅눅한 그곳에 몸을 뉘었다.

늘 예기치 않은 일로 진실을 마주할 때가 있다.

공포스러웠지만 시간이 지나자 경외스러웠다.

기원전 시는 영혼의 불멸이 화두였다.

나는 늘 당신의 맞은편으로만 존재했다.

내 얼굴에 성호를 그었다.

악마가 오더라도 괜찮았다.

소리는 계속 들렸다.

거북의 숨소리인가.

아득한 저 먼 곳의 소리.

살가죽을 벗겨 내자 그 자리에서 풀이 솟아올랐다.

풀은 바람에 맞서

저 북방으로 머리를 세우고

아무도 기억하지 않는 영혼이 되었다.

풀은 음악이 되었고

이내 몇 만 년을 얼었다.

가운데 땅

어두운 숲속을 걷는다. 끈적한 머리칼이 나뭇잎 사이에
자꾸 걸린다. 어둠 속을 오래 걷다 보면 나무에 빛이 난다.
눈앞에 솟아 있는 수백 그루의 나무들. 빛나고 있는 나무
에 등을 대고 있는 한 여인. 눈을 감고, 죽어 가고 있다.

그 나무에게로 가서 여인의 머리칼을 만진다. 마른 잎사
귀처럼 머리칼이 부서진다. 어깨를 만지면 손가락이 살 속
으로 푹 들어간다. 더 이상 만지지도 못한 채 숲속을 걷는
다. 거대한 뿔이 달린 숫양이 다가와 고개를 숙인다. 숫양
의 등에 타고 걷는다. 풀은 온몸을 흔들며 소스라친다. 나
는 동굴 앞에 서서 한 노인을 만난다.

노인이 안고 있는 아이는 누구일까. 아이의 몸에 빛이
난다. 아이를 안고 새벽 여명이 올 때까지 풀숲에 앉아 있
다. 노인은 또 다른 생을 훌쩍 뛰어넘는다. 풀이 부스럭거
리며 웃는지 우는지 모르게 작은 빛을 낸다.

허공의 사다리

1.
어두운 계단을 올랐다.
또각또각 발소리만 선명한 시간을 올랐다.
짐을 짊어진 노인의 어깨를 보며
여자의 분주한 하이힐 소리를 들으며 올랐다.
어떤 예시도, 결말도 없이.

2.
인간들아 초췌하지 마라
고통은 혼자 즐기는 것
이유는 눈물이 알려 주는 것
외식(外飾)하는 삶은 끔찍해
세상을 부리며 조롱하는 사람들
온갖 나쁜 병을 만드는 사람들
위력적인 선물을 안겨 주고 싶어

3.
융단 위에 서서 망토를 휘날린다.
인간의 어리석음을 설파했을 때

나는 가장 빛났지.

마음을 내 것처럼 가지고 노는 쾌감이라니.

인간들의 세계엔 불가능은 없지.

4.

낡은 영혼을 함부로 생각한 게 실수다.

이제 내 행동엔 권위가 없다.

내가 얻었던 열매가 있다면

내 존재를 알린 것 뿐.

전설이라고 하지 말자.

기품 있게 전생이라고 하자.

쉬고 싶다.

가난하게 쉬고 싶다.

궁핍의 원리 따위는 잊어버리고 싶다.

5.

올랐다.

계단이 있기에 올랐다.

하늘은 변하지 않았다.

숨 쉬는 것들은 자꾸 기침을 한다.

계단과 계단 사이로 나 있는 창.

구름도 흔들리고 바람도 취해 비틀거리는

한밤의 풍경.

돈도 없이, 기다리는 사람도 없이

고이 잠든다.

2부

평원의 밤

막막해졌네. 타인에게 무심해지고, 타인의 죽음에 무심해졌네. 모든 감정에 무심해졌네. 가르치는 자들이 내놓는 규율에 무심해졌네. 단순히 어지러움 때문이네. 고개를 숙이다 고개를 들면 어지럽네. 빙빙 돌고 울렁거리네. 앉아도 누워도 빙빙 도네. 과음 때문이네. 두통 때문이네. 내 몸에 잡초들을 태우려 했네. 산화하는 것만이 아름다운 거라 여겼네. 악수도 청하지 않고 떠나는 게 배려라 생각했네. 슬픔이 없는 세계는 없지. 나는 아름답게 슬픈 동물이고 싶었네. 충만한 마음으로 춤을 출 것이네. 내가 보여 줄 수 있는 건 내 옷자락에 배었던 냄새 한 다발. 사랑한다는 말을 하지 못해 슬픈 밤이네. 천둥이 음악 소리를 덮을 무렵. 자정의 달빛이 머리칼을 적실 무렵. 저 우주에 몸을 눕히고 별들을 덮을 것이네. 아무 언어도 없이 심연에 잠길 것이네. 평원에 앉아 바람의 마음을 얻을 것이네.

신비한 비

벚꽃이 흩날리던 저녁이었다.
당신은 가고 나만 남았다.
독백은 하고 싶지 않았다.
발밑에선 짐승의 비린내가 올라왔다.

비도 시간이 있었고
다니던 길목이 있었다.

비의 시간은 찰나
비의 길목은 수직

가늠할 수도 따라갈 수도 없는
빗속의 신비

당신은 벚꽃 사이에서 날고 있었다.
모두 비를 맞고 걸었다.
아무도 젖지 않았다.
눈 귀가 있어도 세상천지가 깜깜했다.

비가 오르고 있었다.

거리의 왕 노릇

하늘에 다리를 놓고 싶었지.
구름이 다리에 걸터앉아 쉬는 풍경을 꿈꾼 거지.
속도가 폐부를 훑고 지나가는 아침.
햇살은 더 이상 찬란하지 않고
지루한 시간을 못 견뎌 핸드폰을 만지작대지.
언제부터인가 그리워하는 시간이 내겐 없지.
플래카드엔 권유와 명령만 있을 뿐.
전투력 가진 말들이 길거리 여기저기서 뽐을 내지.
문명의 한 구석에 제 이름을 새기려는 영혼들.
왕 노릇하려고, 서로 왕 노릇하려고
생명을 능가하고, 죽음을 능가하는 이웃들.
나는 왕의 언어가 없고
법의 언어가 없고
왕을 심판하는 언어가 없지.
부끄러움이 없는 언어의 세계를 꿈꿀 뿐이지.
이 세계에 없던 언어를 찾아 나설 뿐이지.
아름다운 운율은 규칙이 아니라
당신의 입술 때문에 만들어지지.

중얼거리는 입술로 거리의 왕이 되지.

죄와 의(義)를 구분하지 못하는 머리들이

거리에 둥둥 떠다니고 광장엔 사람들이 자꾸 모이지.

새벽녘 농부가 곡괭이를 들고 집을 나서지.

새벽녘 회사원이 가방을 들고 집을 나서지.

느릿하다 때론 떠들썩한 발소리가 거리에 가득하지.

문득 신들이 사는 세계를 구경하고 싶었지.

맘몬*과 달과 비

신성한 언어들이 타락하기에 한 달이면 족하지. 떠날 채비는 한 시간이면 족하지. 저속하고 미천한 기차를 탔지. 오징어 다리를 씹으며 깡통 맥주를 홀짝거리며 옆자리 아가씨를 흘깃거리는 감성의 오후.

인간들의 감각은 얼마나 단순할까. 차창 밖으로 펼쳐진 햇살과 나무만으로도 짐작할 수 있지. 자연의 품이 안락한가. 너와의 언약으로 고통이 하나씩 늘고, 빚이 늘고, 미래의 노동이 늘었지. 어느새 해거름, 차창에서 졸고 있는 저 빈곤한 육체.

예술가들이 그토록 애증하는 구름의 우상. 꽃들의 우상. 존재의 우상. 기차가 지나가는 순간에 모두 깨달을 우상들. 그것을 고귀하게 껴안고 천박한 언어들을 이리저리 날리지. 밥그릇이 반짝거릴 때까지 손으로 비비고, 눈으로 맞춤하여 빚어내는 이 세계의 공방.

기차를 타지. 오래도록 타면 어둠이 내리고 달이 내리지. 늘 기억나는 순간들은 눈물을 훔칠 때가 아니지. 억울할 때나 비참할 때지. 세상의 비감을 온몸으로 받을 때지. 달을 보면 온 세계가 멈춰 있어.

거머리가 종아리를 빨아 먹어도 참을 수 있지. 그런 낮, 그런 밤들도 모두 견딜 수 있지. 달이 지고 비가 내려도 이 땅의 우상들은 불을 반짝거리지. 밤하늘 가득한 네온 십자가. 모두 고개를 숙이고 흠뻑 젖지. 비가 내려도 영원히 꺼지지 않는 저 우상. 밤새 반짝, 반짝거리지. 별보다 더욱 더.

* 맘몬(Mammon) : 물질적인 부요와 탐욕의 천사.

유형지

포도주를 마신다. 구릿빛 작은 잔들이 찰랑 부딪힌다. 열락으로 빠져드는 시간의 동맥. 당신과 약속한 피를 마시고 당나귀의 행보를 떠올린다. 고향에서는 아들이 아비를 죽였단다. 양식이 없어 굶어 죽는 아이가 창궐한단다. 사람이 사람을 죽이는 살육이 유행이란다. 가뭄이 지나자 폭설이 내려 홍수가 난다. 전염병이 돌고 있다. 근질근질한 시간들. 성스러운 부패의 시간들. 기쁜 병의 시간들. 이곳은 세속적인 거주지가 아니다. 당신, 진리가 도처에 즐비한데 왜 이곳에 오셨는지요. 밤이 되어야 저 바깥의 문을 간신히 열 수 있다. 발정기의 암낙타가 침을 흘리며 내게 온다. 밤을 매도하지 마라. 이 길은 밤이 모든 이유다. 세속의 성전이다. 보이지 않는 것을 믿게 하는 시간의 길목이다.

나르치스

순례의 여정엔 늘 사랑이 있었네.

젖을 제때 짜지 못한 암소의 배엔 고름이 차고

죽은 자들의 얼굴엔 고통과 평화가 함께 스미는 걸 봤네.

내게 사랑은 늘 들판과 외양간의 고통 속에 있었지.

자네의 여정엔 아직도 구원만이 있는 건가.

어머니가 보고 싶네. 그럴 필요까진 없었는데

어머니가 내게는 또 다른 구원의 징표라네.

이 땅엔 내 존재를 온전히 감당할 만한 대상이 없었네.

나는 거친 아버지의 세계만 알았지 어머니의 세계는 몰랐다네.

사회가 요구하는 이념과 도덕에만 관심 있었지.

하지만 날 구원해 주는 것은 언어가 없는 원시의 감각이었네.

그럴 때쯤 마치 마술처럼, 성애의 욕망과

죽음과 예술의 열정이 한꺼번에 찾아왔네.

내 정념을 감당할 수 없을 만큼 말일세.

나르치스, 지금은 늙은 나이가 아니라고 생각하네.

사랑도 예술도 다시 시작할 수 있는 나이지.

한때는 죽음에 대한 두려움이 날 지탱해 간다고 생각했지.

죽음은 받아들이면 그뿐인데 말이야.

세상 그 어디에도 가장 마땅한 이유는 없네. 그럴듯할 뿐이지.

이 도시 속에서 나는 사십 년의 광야처럼 매일 순례하며 살고 있다네.

순례의 삶이 이 도시에 있다는 것을 자네는 믿겠나.

그리운 사람이 있다는 것이 얼마나 다행인지 모르겠네.

나무의 짐을 나눠 지고 침묵하며

가만히 새들의 소리를 듣고만 싶네.

나는 언젠가 자네의 품에서 서서히 죽어 가겠지.

내 체온이 식어 가는 감각을 오로지 자네에게 보여 줄 수 있어 다행이네.

나르치스. 자네는 따뜻한 포도주와 부드러운 빵을 원하겠지만

나는 배추를 넣은 된장국을 먹고 싶네.

하얀 눈이 내린 들판을 홀로 걷고 싶은 날이네.

말이 없어도 언어가 없어도 알 수 있는 세계를 언제 알

려 줄 텐가.

　　가장 힘든 길은 아름다운 길이라고 했나.

　　이제 순례를 떠날 때가 되었네. 나르치스.

　　자네의 단호한 목소리와 예감하는 눈빛이 그립네.

　　나의 고향인 대지의 소리가 귓가에 가득하네.

대리자(代理者)

내 머리를 쓰다듬는 자들. 아무나 붙잡고 정죄하는 자들. 도시는 매일 불타오르네. 악한 자들만이 주위에 득실거리네. 그들은 내 목에 빨대를 꽂고 골수까지 빨아 먹지. 철학자의 수백 마디를 좇는 자들. 등대지기의 침묵을 모르는 자들. 목에 창이 꽂혀 말을 할 수 없을 때 비로소 비굴하게 손을 비비는 자들. 냄새 진동하는 사람들.

구름이 하늘의 몸속으로 사라지는 날. 나는 한없이 약해져서 글썽이고 있지. 위로하는 자는 없고 속이는 자가 너무 많아. 그렇지만 이 엄살은 모두 기획된 것. 더 타락하기 위해 준비된 것. 더 성스럽기 위해 예비한 것. 거룩한 엄살은 악마를 교란시킬 수 있는 무기라네.

난 순진하게도 사람들의 말을 믿었네. 이 세계를 말하지 말고 써야 하네. 가르치는 언어가 아니라 감각을 일깨우는 글자들. 피부에 달라붙어 생채기를 내고 콧속으로 들어가 온몸을 서늘하게 만드는 단 한 줄의 시를 써야 하네.

빨간 옷을 입고 우측통행의 세계에 들어서면 온몸이 경

직되지. 비겁한 자들은 자꾸 우쭐대지. 고개를 끄덕여 주면 자꾸 자랑하지. 고요한 밤이면, 사방이 어지럽게 돌아가네. 귓속에서 청소기 소리가 들리네. 아무 냄새도 없이 아무 것도 만져지지 않네. 뜻을 알 수 없는 분절음들이 부호처럼 굉음 속에서 파닥거리네.

기복(祈福)

환우들을 비로소 사랑하게 되었나요.
생기 있는 풀들은 아무도 바라보지 않아요.
풀이라는 운명을 아시나요.
본받을 세상이 없어서
분별하는 사람들이 없어서
덮어 줄 사람이 없어서
저 변방에 말을 넣습니다.
어머니는 당신의 손을 비볐습니다.
때론 영험하다는 동물에 고개를 숙였습니다.
저 들판에 말을 섞습니다.
고난을 마주하는 사람이 없어
신에 대해 물을 데가 없어
저 허공에 통곡을 합니다.
이유도 모르고 운명도 모른 채
웃고 노래를 부릅니다.
선한 사람이 없어 허둥댑니다.
눈에 보이는 당신을 사랑하지 못하고
신을 사랑한다 말했습니다.
세상에 헌신한다 생각했습니다.

세계와 불화하는 가장 극적인 방법은
사랑이라고 말했나요.
썩은 말을 곱씹어 당신께 전했습니다.
기다리고 기다렸어요.
부패한 말들이 냄새를 피우며
저주를 기다리고 있습니다.
빌고 빌지만, 조아리고 조아리지만
늘 언제나 늦은 우리의 간구는
그저 안타까워 저물어 갑니다.

노예선

어둠에 잠긴 강은 늘 소리를 낸다.
소리의 환각을 타고
긴 방랑을 떠난다.
살갗을 타고 흐르는 낯선 이물감.

간절한 눈빛에서 타오르는 절규.
꽃잎이 수면 위에 파문을 낸다.
핏빛이다.
존재가 저런 빛깔을 발할 수 있다니.
그곳이 소멸의 길이라 했다.
하지만 아름다운 숙명의 길.
서로의 몸을 가르고 스미는 찰나,
이 땅에 없는 새로운 빛깔이
순간, 태어나고 죽는다.

숭고함은 어둠에 존재한다.
십계명을 외우고, 다락방에 올라가
허벅지를 만진다.
지우고 지우다 남은 얼굴.

눈빛만으로도, 그림자만으로도
당신은 살고 있는 것일까.
저 검푸른 바닷속에서
회개하며 울고 있는 인간들.
성자들은 노래하며
바다에 버린 검은 피들을
홀짝 홀짝 빨아 먹고 있다.

스틱스*

소돔 땅엔 얼음이 언다.
도시를 가로지르는 큰 강은 축복의 물.
다디단 물을 먹고
소돔 거리를 걸어가는 유다의 후예들.
매서운 바람에 맞서려고 모자를 깊이 눌러 쓰고
꽝꽝 언 강으로 나간다.
강물엔 사람들이 허우적대고 있다.
스스로 얼음을 깨고 몸을 넣는다.
숨이 끊어진 사람들이 둥둥 떠다닌다.
노래도 없는 시간이 사는 강.
분노를 다스리지 못하고
강물에 뛰어들어 허우적대는 사람들.
서로의 머리채를 붙잡고 발목과 허리를 붙잡고
물속으로 잠기는 사람들.
아우성이 강가에 가득하다.
피 냄새를 맡고 바다에서부터 날아온 갈매기들이
송장처럼 끼룩댄다.
높은 건물을 지어 벽을 만들고
지폐를 만들어 불행을 깁는 도시.

한 척의 나룻배도 없이 강물이 꽁꽁 언다.

여전히 도끼를 들고, 얼음을 깨고, 물로 뛰어드는

사람들이 줄지어 가고 있다.

줄 지어 전철을 타고, 버스를 타고, 자동차를 타고 간다.

시청에서 개선가가 울리고

교회에서 장송곡이 울린다.

강으로부터 날아온 비명이 가득하다.

* 스틱스(Styx) : 이승과 저승을 가로지르는 강.

나쁜 병(病)

숨을 쉬기 위해
몸의 온갖 구멍들을 찾아다녔다.
기댈 데라곤 엄마뿐인 아이들의 흐느낌이
귓가에 자욱하다.
고통은 존재와 다른 물질.
높은 곳에 올라 떨어진다면,
아무도 기억할 수 없는 곳에 떨어지지 않을까.
이렇게 늙고 싶지 않다.
어깨가 부딪히는 좁은 욕실에 엎드려
구역질을 하는 마지막 풍경.
도도하게 병과 싸우고
홀연히 아무도 기억나지 않게 웃고 싶다.
몸속 여기저기 웃음이 들렸다.
이 몸이 전부 붉어지면,
책으로 변할 수 있을까.
연민을 받고 싶지 않기에
온 힘을 다해 높은 곳으로 올랐다.
병든 사람들이
발끝을 모으고 난간 위에 서 있다.

곧 떨어질 것 같지만

아무도 떨어지지 않는다.

또다시 극렬한 두통이 밀려왔다.

화창한 하늘에 구토를 할 수 없다.

급히 좁은 화장실을 찾아 들어갔다.

더 나쁜 인간이 되었다.

번제(燔祭)

제단을 찾았다.

붉고 은밀한 햇살이 내 자리로 비춰 든다.

고개 숙여 앞뒤로 몸을 흔들며 노래하는 이들.

제단엔 엄숙한 신사들이 기도를 한다.

무위(無爲)의 사람이 되어야 한다.

숫양의 배를 갈라 피를 낸다.

똥을 처바르고, 욕을 하고, 몸에 칼질을 한다.

양을 학대하지 않는 이는 아무도 없다.

소년들이 모여 찬가를 부르고

여인들은 평온한 눈빛을 서로 주고받는다.

양털 그을리는 냄새가 진동한다.

제사가 끝날 즈음, 누군가 욕을 한다.

누군가는 옷을 벗고

누군가는 자신의 손목에 칼을 갖다 댄다.

소리를 지른다.

널브러지고, 피가 솟고, 사나운 개들이 짖고

젊은 남녀들이 허리를 돌리며 춤을 춘다.

방이 흔들린다.
인간들의 모든 방은 흔들리고
인간들의 모든 방에선 방언이 들린다.

동정하고 싶은 사람이 단 한 명도 없다.
내 몸은 탐닉의 대상일 뿐.
여기저기 아멘, 아멘 소리가 터져 나온다.

녹색섬광

폭발하였지.

구름이었어.

빌딩은 연기를 머금고

도시를 달구었지.

사람들은 밤을 숭배했어.

큰절을 하며 인육을 토해 내는 소리.

어디나 골목은 있어.

나뒹굴 가슴을 찾아 헤매.

아빠도 엄마도 없이 오빠들만 가득한 저녁.

어떤 일몰은 두려웠지.

하늘로부터 천천히 내려와 정수리를 누르곤 해.

눈동자가 터질 듯하고

기침이 나지.

이 세계는 깨끗한 것만을 전시해.

구더기도, 박쥐도, 검은 피도, 집 잃은 고양이도,

모두 숨겨.

지렁이가 나올까 싶어 시멘트를 바르지.

신성한 것들만 숨기는 음모들.

언 땅에 도끼질을 해.
먼 숲을 동경하는 일로 산책을 마무리하지.
도끼의 이빨이 땅에 박히는 순간,
빌딩들은 붉은 조명을 켰어.
어떤 빌딩은 핏빛으로 깜박이고
어떤 빌딩은 질질 흘러내려.

광석을 모르는 고대인들은 운석을 주웠다지.
별의 살 껍질을 주워 칼을 만들고
우주의 상상으로 날고기들을 잘랐지.
마차를 타고 하늘로 올라가는 꿈을 꾸었어.
보이지 않는 것들을 자꾸만 믿게 되는
불민(不憫)의 밤이 몸에 불을 지펴.
여기저기 녹색 불이 펑펑 터지고 있어.

3부

향연(饗宴)

　별이 내려와 앉는 곳. 무릎을 꿇고 팔을 벌리고 그리워한다. 가로등 불빛이 창안으로 새어 든다. 구슬진 이슬이 선명하다. 태양이 아니라 달이 사는 곳. 키가 큰 여인이 알몸으로 춤을 춘다. 달빛을 먹고 사는 부족의 여인. 나도 옷을 벗고 춤을 춘다. 빙글빙글 돈다. 바닥에 얼굴을 갖다 대고 입을 맞춘다. 내 치성은 누가 알까. 아무도 도시에서 살라 이르지 않았다. 몸 바쳐 도시의 물로 목욕을 했다. 숭배했고, 굴종을 견뎠다. 온몸에 달빛을 찍어 바른다. 뱃속에서 북소리가 들린다.

　웃다가 울다가 다시 침묵했다. 깊은 방. 내 이름이 시작되는 곳. 피비린내가 진동하는 곳. 아버지의 이름을 부를 수 있는 곳. 모든 사물이 태어나는 곳. 또다시 물결친다. 눈이 녹색으로 변해 있었다. 녹색 눈동자로 하늘을 날았다. 오랜 비상으로 혼자가 되었다. 조용히 마당가 후박나무 밑에 오래 누워 있었다. 아무도 모르게.

불혹

어른은 큰소리 내지 않는단다.
마음에 상채기를 남기고 비겁한 자가 되겠지.
담배 연기만 뿜어 대며, 다 안다는 듯
끄덕끄덕 대기만 하겠지.
날 어른이라 부르는 손가락들.
그 모든 비겁도 눈 감고
어떠한 격정에도 미혹되지 않는
어른들의 세계.
이미 네 앞의 시간들은 결정된 것.
가르치려 드는 꼰대들에게
다리를 까딱거리고 딴지를 걸고 싶더라도
어른이란 걸 잊지 말아야 한다.
나는 이제 소년을 간신히 넘었을 뿐인데.
눈물을 참아야 하고 그리움도 참아야 하고
홀로 식당 문을 들어서는 서글픔도
지루한 술자리도 참아야 한다.
아직도 쓸쓸함을 사랑할 수 없나.
차가운 거리를 헤매다 방안에 들어와
몸을 웅크리고 잠을 청할 때.

내 몸에 남아 있는 허약한 온기.

엎드려 시를 쓰는 사람.

엎드려 생각하는 사람.

엎드리는 일이 사랑하는 일이라지만

엎드리는 일은 자신을 잊는 일.

엎드려 이제

스스로의 온기로 인해 나는 살겠다.

구렁

저주의 말을 함부로 쓰고 살았다.
우리는 전혀 다른 종족일까.
아무런 불빛도 남지 않을 때
지구 밖에서 당신을 보고 싶다.
누군가 잡아당기는 느낌에 잠이 깼고
외딴 별의 부족들에게만 허락된다는
동굴의 일부를 훔쳐보았다.
자각하는 마음을 버려두기로 한다.
잡을 수 없는 환영에 대해.
흐르는 것의 아름다움에 대해.

이 땅과 무관한 것이라 말한다.
상처 없는 빛은 없을 것이다.
베이고 찔리고 헤어졌다.
어쩌면 오래 잊고 있었는지 모른다.
저 멀리서 늘 암호를 보냈는데도
당신은 깊은 어둠에 들곤 했다.
나는 작명하는 사람.
당신은 작두 타는 사람.

우주에서는 인간이란 이름이 들리지 않는다.

나는 노래하거나 울지 않았다.

먹고 싸고 싶어 소리치는 것.

오래 배운 침묵을 잊어 가는 밤.

비옥한 어둠에 내 연보를 묻어 두는 밤.

저자의 말

자신감에 넘쳐 말이 쏟아진다. 교만하여 말이 쏟아진다. 앞세운 말. 인정받으려는 말. 상처 주려는 말을 한다. 자꾸 많아진다. 연습이 필요 없는 말. 사랑한다니. 신뢰한다니. 그립다니. 복습이 필요 없는 말. 부정의 말들로 지금껏 살았다. 시가 삶의 전부라고 과장되게 능쳤다. 겨우내 가방에선 썩은 말들이 자랐다. 천박한 말들이 웃으며, 멀뚱거렸다. 트럭 짐칸에 가득 실린 돼지의 말을 뱉어 내며 생을 즐긴다. 지하철 안에서 쏟아지는 말들이 잠을 가져다준다. 저자를 돌아다니며 뜨거운 밥의 말을 먹고, 책상에 앉아 저자의 말을 쓴다. 저자의 말이 저자의 말을 툭툭 친다. 고통의 소리 가득한 늦가을. 비에 맞아 마지막 안간힘을 쓰는 나뭇잎 하나. 핏물을 머금은 말 한 덩이.

사제의 방엔 말이 죽는다. 말이 죽는 법을 연습한다. 침묵이란 말도 필요 없이 생각이 달린다.

벌레장(葬)

풀잎이 제 방이고, 사랑이에요. 휘파람 소리가 난다는 풀잎이 제 밥이고, 숨이에요. 가지는 제 길이에요. 길을 가다, 지치면 잎을 뜯어 먹죠. 개미는 유일한 친구예요. 개미가 이 가지 저 가지로 데려다줘요. 대신 저는 개미에게 똥을 줘요. 제 똥을 먹고 개미는 통통하게 살이 올라요. 태양이 내리쬐면 피가 돌아요. 이 풀잎에서 저 풀잎으로 저 바람에서 이 바람으로. 알콩달콩 살 거예요. 하지만 풀잎이 자꾸만 시들어 가요. 내 몸은 살이 찌는데, 풀잎은 쪼그라들어요. 제 소망은 이런 식이었어요.

노란 제 몸이 터져요. 쉿 비밀이에요. 저는 남편도 없이 잉태를 했어요. 바람으로 잉태했어요. 이 바람에 몸을 넣을래요. 저 하늘에 흠뻑 싸고 싶어요. 저기 봐요. 노란 몸들이 하늘가에 폭폭 터지는 여름날. 벌레들이 한가득 붕붕거리는 소리 들려요.

동화의 세계

나무에 등을 기대고 있는 사내.
늘 땅을 딛고 서 있는 나무.
감상적인 게 죄가 되는 삶을 생각하지.
나무의 높이만큼 타오르는 물줄기.
화산이 폭발할 때처럼, 온 사위가 환한 봄날.
당신을 만났지.
당신이 내게 준 시큼한 절망들.
상스러운 말들이 줄지어 다니는 학교 앞.
어둠 속에서 오직 나무만이 황금빛으로 빛나고 있었지.
모든 사람들은 희미한 실루엣으로만 존재할 뿐.
나 또한 한낱 이 세계의 배경일 텐데.
배경에 지나지 않는 사람들을 생각하며
매일 동화 쓰는 시간을 맞이하지.
희미한 달이 낡은 뱃전을 어루만지며 다가오는데.

밤이 환상의 세계라면
저녁은 동화의 세계

저녁이 되면 광장에 사람들이 모이지.

광장의 사람들은 어떤 저녁을 매일 그리고 있을까.

하얀 치자꽃을 꺾어 어두워 가는 책상 위에 두고

달금하고 앳된 향기와 함께 조금씩 늙어 가는 시간.

풀어진 눈으로 넘어가는 해를 보는 시간.

늘어진 삶에 끼어든 늙은 햇살이 온몸을 휘감지.

나무에 몸을 기댄 자는 고독해지지.

맛보는 공동체

겨울을 폐기할 의논을 하고 왔네. 춥고 서글프고 부르트는 겨울은 없어도 된다고 했지. 그러다 꿈에 당신을 만난 것이네. 나무를 우러르고 사람에게는 약속이 있다고 믿는 당신. 나는 늘 고백하지 못해 슬픈 짐승이었네. 순교자의 목소리를 들은 지 오래 되었지. 똑같은 상품을 들고 이리저리 배회하는 청춘이었네. 밤마다 누가 나를 쳐다보는지 헤아리는 시간들.

우리는 맛보는 공동체.

비밀을 말하지 않아도 맛보면 다 아는 것이지. 꿈을 맛보고, 슬픔을 맛보고, 춥고 서글픈 때를 맛보는 사람들. 겨울이 지나면 봄이 온다는 약속을 맛본다네. 그 어떤 약속도 폐기할 수 없다고 쓴다네. 어느새 입안이 까끌하고 쌉쌀한 봄이 성큼 와 있다네.

풀이 던진 질문

계절을 탓하지 말 것. 피었다 지는 것은 순간이다. 노을은 경계도 없이 제 몸을 허문다. 그 몸 아래 조그맣게 엎드려 졸고 있는 풀 한 포기. 마치 제 몸을 갉아 먹기라도 하듯. 이렇듯 탁월한 빛은 가장 아름다운 노래가 된다. 형형한 눈빛을 가진 농부. 검은 나뭇가지의 실루엣. 미망인의 경계심처럼, 풍경은 슬금슬금 조바심치며 온다. 한때는 여자의 육체가 모든 갈망을 잠재울 수 있다고 믿었다. 머릿속 영상은 늘 어둠이 밀려와 있다. 어둠을 갉아 먹는 산속 외딴 불빛 하나.

선량한 바람을 맞는다. 해가 지기 전의 결기처럼. 사로잡혔을까. 무엇에 놀랐을까. 산속에서 만난 당신. 흰옷을 입고, 울고 있는 당신. 그런 사람을 만났을까. 머리를 숙이니 나를 빤히 보고 있는 풀 한 포기. 하늘거리며 바람 속에 제 피를 흘리고 있다.

미적인 궁핍

거리를 걷다 보면 자꾸 온몸이 붕 뜬다.
바퀴가 싫어 걷다 보면
빌딩의 키가 커진다.
핵폭발처럼 밝은 도시.
기하학적인 구조물로 가득한 발명의 도시.
밤마다 폭죽이 울린다.
다리가 아프고 목이 말라
시냇가로 가면 물이 바짝 말라 있다.
차도 없고 집도 없고 양복도 구두도 없이
걷다 보면 어느새 도시는 저 멀리 있다.
가녀리게 풀벌레가 신음하는
시냇가에 앉아 풀피리를 분다.
도시에서 흘러나온 검은 물소리가
박자를 맞춘다.
도시의 무관심이 차라리 행복하다면
위안이 될까.
냄새나는 숲의 향기 때문에 마스크를 쓴다.
차라리 예술을 할까.
아주 잠깐 부요해진 듯하다.

꼬깃꼬깃 접어 놓은 기억들.

아주 사사로운 옛사람의 산책.

황금의 입

바람이 불면 이별하겠다.
바람이 온몸을 휘젓고 나가야
간신히 나지막한 노래가 흘러나왔다.
꽃이 피는 것엔 이유가 없고
너의 욕망도 이유가 없다.
배려는 늘 사람을 고뇌하게 만든다.
그대와 나 사이.
팽팽한 거리만 있었다면
나는 당신을 사랑했을 텐데.
언제부턴가 몸속에 나비를 키우며 산다.
싱그럽고 건강한 몸 내음에 취한 나비 떼가
몸속에서 팔랑거린다.
제 몸속 나비 한 마리가 다른 몸을 찾아 가는 기적.
내 몸에 한 마리의 나비만 남을 무렵.
그 퀭한 광야를 품고 다니는 저녁.

움직임 없는 구름의 속도를
무슨 까닭으로 이리저리 책망할까.
숲의 교훈도 무력하고 늦은 햇살의 위로도

눈이 따갑기만 하다.
겨울이 넘어가고 있었고
신비한 그림자만 남았다.
침묵하는 입술만 씰룩대었다.

하이델베르크

낙인이 찍혀 온 것은 아니다.
비는 내렸지만 땅은 단단하다.
분(憤)은 모든 일을 억울하게 만들고
억울함은 더러운 말들을 만든다.
더러운 말들을 먹는 나이.
나는 높고 깊은 산골짜기에서 별들의
충만한 꿈을 안으며 아주 천천히 자랐다.
천천히 자란 몸이 허덕거리고 있을 때
오래된 성을 찾아 떠난다.
저 오래된 돌의 분량대로 오래된 시간을 되뇌인다.
성 밑의 마을엔 교회와 학교가 있지만
그곳은 이미 희롱과 진노의 말들만 더펄거리는 곳.
높이 오를수록 숨이 차고 근육이 당긴다.
땅과 멀어질수록 그립고 아득하지만
더 높은 곳이야말로 화답이 존재하는 곳.
이제 혼자만 중얼거리지 않겠다.
매일 새롭게 돋아나서 병이라 여기던 공상도
얘기하며 울고 웃겠다.
이곳은 풍조가 없고 책망이 없다.

당신과 내가 오래되고 깊은 성에 무릎 꿇고
오래오래 기도하면 된다.
가장 넓게 울려 퍼지는 종소리를 듣고
마른 빵을 오래 씹으며 해거름을 바라보면 된다.
누구와의 문답이 필요할까.
무릎 꿇는 일과 화답하는 일이
저 마을의 시간을 바꿀 수 있을까.
성벽 사이로 가느다란 빛이 스며든다.
전쟁으로 성벽은 무너졌으나
그곳에서 사랑은 늘 시작되었다.
그 사랑은 비석으로 남거나
가장 애통한 이야기로 남았다.
서서히 내장이 말라 가고
종소리만 둥둥 깊고 멀리 퍼진다.

악행극

한 줄의 글도 적지 못했습니다. 그것으로 미안함과 비겁함을 속죄 받을 것 같아서. 혹시 나 스스로를 용서할 것만 같아서. 당신은 물었습니다. 가슴에 촛불을 켜고 저 이글거리는 광장에 나가지 않았느냐고.

언제나 고개만 숙였습니다. 변명은 늘 부끄러우니까요. 아프면 그냥 아파야 합니다. 견딜 수 없어도 견뎌야 한다죠. 게으름을 좋아하는 저는, 참는 것이 제일 쉬운 저는, 겨우겨우 살아갑니다. 다만 구걸하지 않았으면 좋겠습니다. 꽃이라는 말, 약속이라는 말을 참 좋아했던 때가 떠오릅니다.

당신에게 가는 길목엔 늘 햇살이 있었습니다. 씹지 못할 만큼 입속 가득 껌을 넣었습니다. 가난한 부요입니다. 높이 올라가라고 하고, 좀 독해지라고 합니다.

제겐 침묵이 필요합니다. 제 자신을 용서할 것 같아 두렵습니다. 드라마를 보며 자꾸만 훌쩍이게 됩니다. 이제 곱은 손으로는 쓰지 않을 겁니다. 아픈 마음 자리에 꽃망울이 머리를 내미네요. 노랗고 환하게 번지는 날입니다.

작은 뿔

형벌이 아니네. 단지 그런 생물이었지. 눈과 코와 입이 없을 뿐인데. 매일 꿈을 꾸네. 바람이 불어 나를 바다로 데려 가네. 바다 속에 꿈틀꿈틀 더러운 생물들이 태어나고 있었네. 독수리가 물고 갔으면 좋을 법한 것들. 눈, 코, 입이 없는 생물이 있었네.

뿔이 있었네. 우쭐거리며 큰 소리를 내며 물속을 오르락 내리락 거렸네. 그에겐 뿔이 있었네. 아니, 뿔만 있었지. 나는 꿈을 꾸네. 세 번의 꿈을 꾸고 일어난 아침. 아무 이야기도 기억나지 않지만 뿔이 달린 것은 선명하게 기억나네.

뿔이 있었네. 그런 뿔이 있었네. 내 기억이 멸망해도 뿔은 그대로 남겠지. 뿔만 있는 동물. 환상에서 늘 큰소리를 치고 있는 생물. 오래된 책을 뒤적이는 밤. 뿔만 있는 동물의 기록을 찾아보는 밤. 심판의 기록을 찾아보는 밤.

작은 뿔이 있었네. 그런 생물이 있었지. 죽여도 늘 기억속에서 살아 있는 작은 뿔. 머리를 매만지는 존재의 날들. 뿔의 흔적을 기억하는 날들이 있네.

뿔 없는 벌레의 시학

장은수(문학평론가)

뿔이 있었네. 우쭐거리며 큰 소리를 내며 물속을 오르락내리락 거렸네. 그에겐 뿔이 있었네. 아니, 뿔만 있었지. 나는 꿈을 꾸네. 세 번의 꿈을 꾸고 일어난 아침. 아무 이야기도 기억나지 않지만 뿔이 달린 것은 선명하게 기억나네.

뿔이 있었네. 그런 뿔이 있었네. 내 기억이 멸망해도 뿔은 그대로 남겠지. 뿔만 있는 동물. 환상에서 늘 큰소리를 치고 있는 생물. 오래된 책을 뒤적이는 밤. 뿔만 있는 동물의 기록을 찾아보는 밤. 심판의 기록을 찾아보는 밤.

—「작은 뿔」에서

자, 어디에서 시작할까. 인생 어느 날. 몸이 비참해지고 인생이 누추해지는 시간, 그러니까 마흔 살에서. 물이 끓어 올라 증기가 되듯, 갑자기 뿔(만) 있는 벌레가 뿔 꺾인 벌레로 변태한다, 아, 변태가 된다. 예전에 그에겐 뿔이/뿔만 있었다. 지금은 없다. 그 뿔 없음은 그에게 '심판'이 된다. 세상 어느 법정에서 심판당한 것인지, 스스로를 심판한 것인지는 불확실하다. 판결당한 존재라는 자의식만 뚜렷하다. "기억이 멸망해도 뿔은 그대로 남"지 않고, 역으로 뿔은 멸망하고 기억만 그대로 남았다. 존재할 것은 부재하고 부재할 것은 존재하는 것, 어쩌면 이것이 판결문의 내용일 것이다. "전략 없는 삶"을 "늘 자랑"했던 뿔의 시절에서 "무엇을 요구할 수 없는 사십 대가 된"(「짐승의 피」) 사내, 뿔의 지속적 부재를 수용하지 못하고 환지의 감각에 고통받는 환상의 짐승이, 아니 진화/퇴화된 사람이 시를 쓴다. 혀가 자꾸 목으로 말려 헉헉대면서 말이 맹랑해지는 순간을 우울하게 기록한다.

　　우울이 병은 아니지. 무엇을 요구할 수 없는 사십 대가 된 것뿐이지. 달이 떠오르는 시각. 달빛의 광경보다 텅 빈 마음이 들어온 거지. 중년의 형편이 가장 누추할 때. 땀이며 피며 살갗이 흘러내리지. 그저 또 다른 시간에 이른 것. 도시에서, 혹은 상스럽고 선정적인 인문학의 세계에서.
　　　　　　　　　　　　　　　　　　　—「짐승의 피」에서

　　하나의 시간이 지나고 찾아오는 "또 다른 시간"을, 하루

일이 끝나고 "달이 떠오르는 시각"을 시인은 휴식과 평온의 시간으로 맞이하지 못한다. 뿔 없는 벌레에게 이 시간은 가장 누추한 형편을 환기하는 "텅 빈 마음"의 시간, 하루의 헛헛한 삶을 떠올리는 허무로운 시간이다. 뿔 없는 삶에 쉼이란 없다. 그러나 시인에게 "상스럽고 선정적인" 대낮의 시간 역시 마찬가지로 견디기 힘들다. 햇빛은 그에게 전혀 어울리지 않는다. 날카로운 칼처럼 눈을 찌르고, 뜨거운 불처럼 몸을 허물어뜨린다. 그래서 그는 "늘 어둡다. 구석진 곳으로만 들고 난다."(「햇칼」) 낮으로부터는 밀려나고 밤으로부터는 환영받지 못하는, 나아갈 수도 물러설 수도 없는 양난(兩難)의 삶이 그를 괴롭힌다.

　시의 말들은 오직 어둠으로부터 오고, "검은 장막"(「벌레신화」) 위로 길게 퍼져 가는 비명의 흔적으로 드러난다. 시인은 빛을 어둠에 던져 단어를 포획하기보다 어둠 위에 더 짙은 그림자를 겹쳐 둔 채 세계를 흐릿하게 부조한다. 시인의 내면은 '어둠의 현재형'으로 존재하는 검은 언어들로 빼곡히 덮여 있다. 어둠의 사슬에 시인을 온통 붙들어 매는 힘은 이제는 사라져서 더는 그에게 없는 '뿔의 환상'이다. "전설"조차 아닌 차라리 "전생"이라고 불러야 할, 더 이상은 회귀할 수도 재현할 수도 없는, "오래된 책" 속에 있는 "뿔만 있는 동물"의 기록/기억이다.

　시인은 세계의 어둠에 갇힌 채 귀로 시를 쓴다. '소리의 고고학자'가 된다. 빛 없는 세계의 전면적 억압 속에서 시인은 스스로 육체의 배치를 다시 짠다. 눈을 퇴화하고 귀를 발달시킨다. 그로써 시인은 어둠을 타고 멀리서 들리는 소리들을 민감하게 포집한다. 어디에서 울리는지 좀처럼 알 수 없는 소리들이 항상 시인의 귓속을 습격한다. 그때마다 시인을 둘러싼 세계는 깨어져 균열을 일으키고, 혀가 민감히 언어를 뭉쳐 시를 이룩한다. 뿔을 잃고 난 시인은 "우쭐거리며 큰 소리를 내"는 '메가폰의 시학'에서 희미한 소리를 모아서 증폭하는 '어둠의 음향학'으로 급격히 이동한다.

> 멀리서 들려오는 소리들.
> 밤바다 소리인가.
> 사람들이 웅성거리는 소리인가.
> 글자를 끼적이는 소리인가.
>
> ──「빙하의 고고학」에서

> 어둠에 잠긴 강은 늘 소리를 낸다.
> 소리의 환각을 타고
> 긴 방랑을 떠난다.
>
> ──「노예선」에서

뒤를 돌아보아도 앞날이 생겨나지 않고, 앞을 내다보아도 삶이 만들어지지 않는 컴컴한 시간 속에서 "소리의 환각"은 지금 여기의 상태를 벗어나는 운동("방랑")을 생성한다. 그 운동은 육체의 운동이라기보다는 상상의 운동이다. 몸은 이곳에 가만히 붙박여 둔 채 생각만 저쪽으로 빠져나가는 운동이다. 그래서 시인은 "숭고함은 어둠에 존재한다."(「노예선」)라고 말한다. '어둠의 음향학'으로 '숭고의 광산학'을 이룩하려고 한다. 이 검은 세계에서는 삶의 흔적을 눈으로 볼 수 없고, 멀리에서 울리는 희미한 소리로 들을 수 있다. 시인의 삶은 지금 이 자리에 '노예'처럼 붙잡혀 있고, 오직 상상만이 소리를 좇아 세계로 울려 퍼진다. 따라서 시인의 상상은 수평으로 이동하지 않고, 제자리에서 수직으로 파고든다. 세계의 어두운 지층으로 파고들어 그 깊이에서 숭고한 삶을 파 올리려고 한다.(그럴 때, 아주 가끔, 수직으로 솟구친다.)

따라서 시인이 "배 속에서 북소리가 들린다."(「향연」)라고 고백하는 것은 당연하다. 본래 소리는 세계로부터 들려온 것이 아니라 "배 속에서", 즉 내면으로부터 들려왔던 것이다. 제 눈을 찔러 제 못난 운명에 화풀이한 오이디푸스처럼, 마흔 살이 되어 뿔을 잃은 시인은 눈을 꽉 닫아 스스로 어두워진다. 그러자 사물들은 색채를 잃어 희미해지고, 사람들은 윤곽을 잃고 어슴푸레해진다. 그로부터 인간이 실체를 잃고 실루엣으로 존재하는 세계, 한낱 배경으로만 살아가는 세계가 막막히 펼쳐졌으리라.

어둠 속에서 오직 나무만이 황금빛으로 빛나고 있었지.

모든 사람들은 희미한 실루엣으로만 존재할 뿐.
나 또한 한낱 이 세계의 배경일 텐데.
배경에 지나지 않는 사람들을 생각하며
매일 동화 쓰는 시간을 맞이하지.

—「동화의 세계」에서

세계의/내면의 어둠에 황금빛 나무가 수직으로 솟아 있다. 이 나무는 한때 시인의 이마에 뿔로 솟아 있었을 것이다. 그러나 나무의 황금시대, 즉 뿔만으로 살아갔던 세월은 '있었지'라는 과거형으로 표시될 뿐이다. 지금은 모든 존재가 실루엣으로, 실체 없는 그림자로 배치되어 있다. 황금빛으로 빛났던 나무의 시절은 그 강렬한 환기 탓에 오히려 주변 세계를 실루엣으로, 더욱더 검은 배경으로 만든다. 나무가 황금빛을 잃어서 밤이 온 것이 아니라, 나무의 환각이 황금빛으로 타오르면서 밤의 어둠을 부각하는 것처럼 보일 정도다. 우리는 세상 속에서 한낱 배경의 존재이지만, 시인은 그 배경의 존재들에 대한 무한한 연대를 품고 있지만, 동시에 황금빛으로 빛나던 누구나의 시절을 환기함으로써 배경의 배경 됨, 배경의 부당함을 강조한다. 대지의 황금빛 뿌리 역으로 죽음을 환기하는 이 칠흑의 밤에 시인은 중얼대듯 질문한다. "우리는 어디에서 짐승처럼 왔을까."(「짐승의 피」)

시인이 처한 곳은 인간이 짐승으로 살아가는, 아니 살

아갈 수밖에 없는 세계다. "짐승처럼" 왔다고 했지만, "처럼"은 '오다'를 수식한다기보다 '우리'의 상태를 표시한다. 이 세상에서 우리는 짐승이 되어 살아가는 게 아닌가 하는 인식이 들어 있다. 이때의 짐승은 "형벌이 아니네. 단지 그런 생물이었지. 눈과 코와 입이 없을 뿐인데."(「작은 뿔」)라고 읊었을 때 간신히 발화된 무형체(배경)로서의 삶, 달리 말을 붙일 수 없어 지시사로만 표시된 "그런 생물"로서의 삶을 사는 존재일 것이다. 눈, 코, 입이 없는, 집음기 같은 귀만 달린 기괴한 생물이다. "꽃도 가지도 없는" 완전한 불모의 삶에서 어딘가에서 끊임없이 들려오는 소리를 수신하는 쪽으로 진화한 괴물이다.

> 호랑가시나무는 어디에 피었는가.
> 꽃도 가지도 없는 막막한 땅 위에
> 녹슨 도끼만 덩그마니 놓여 있다.
> 저 도끼로 당신의 몸을 쪼개고 싶다.
> 꽃잎 터지는 소리 들릴 듯 말 듯하다.
>
> ——「녹색 기사」에서

나무가 피다니. 이 불구의 화법은 세계의 비정상성을 폭로한다. 꽃도 가지도 없이 줄기만으로 나무는 있다. 이 나무는 삶의 세부들을 갖지 못했다, 아니 어쩌면 거부한다. 실루엣으로서의 삶, 꽃으로 기록되지 못하는, 죽음이 새로운 생명을 낳을 수 없는 삶이다. 시인은 그 불모의 삶 내부에서 들릴 듯 말 듯한 "꽃잎 터지는 소리"에 귀를 기울인다. 소리의 고고학자로서 꽃도 가지도 없는 나무에서 꽃잎이 터지는 기척을, 아니 기적을 들으려 한다. 숭고의 광산학자로서 줄기를 쪼개서라도 들리지 않는 소리를 발굴하려 한다.

> 소리는 계속 들렸다.
> 거북의 숨소리인가.
> 아득한 저 먼 곳의 소리.
> 살가죽을 벗겨 내자 그 자리에서 풀이 솟아올랐다.
> 풀은 바람에 맞서
> 저 북방으로 머리를 세우고
> 아무도 기억하지 않는 영혼이 되었다.
> 풀은 음악이 되었고
> 이내 몇 만 년을 얼었다.
> ──「빙하의 고고학」에서

그런데 불모에서 생명의 소리를 들으려 하는 자는 "아무도 기억하지 않는 영혼"을 저주로 보상받는다. "아득한 저 먼 곳의 소리"를 "음악"으로 남기려 하지만, 음악은 누군가에게 들리기도 전에 이내 영원처럼 긴 시간 동안 동결된다. 아무도 듣지 못해도 세계로부터, 사물로부터 소리를 꺼내어 음악을 짓는 것, 그것이 시인의 운명이다. "형벌이 아니"라고, 본래부터 "그런 생물"이라고 선포했기에 처벌의 고통이 더욱더 실감나는 심판당한 삶. 그 삶의 굴레에서 시인은 몸부림치면서 온몸으로 피를 흘린다. 이미 시인은 말하지 않았던가. "중년의 형편이 가장 누추할 때. 땀이며 피며 살갗이 흘러내리지."(「짐승의 피」)

시인을 피부와 살갗이 흘러내린 짐승으로 만든 것은 무엇인가. 시인에게서 뿔을 앗아 간, 시인을 '뿔 없는 삶'으로 몰아간 것은, 시인이 스스로 "궁핍의 원리"라고 부르는 돈이다. 돈은 시인의 삶을 "눈과 코와 입이 없"(「작은 뿔」)는, 귀만 달린 존재로, 즉 짐승으로 탈주시킨다. 시인이 이생에서 바라는 것은 그저 '가난한 평온'뿐이지만, 가난은 시인의 삶에서 인간적 안식을 증발시킨다. 「허공의 사다리」에서 시인은 울부짖듯 토로한다.

쉬고 싶다.
가난하게 쉬고 싶다.
궁핍의 원리 따위는 잊어버리고 싶다.
　　　　　　　　　　　　　　　—「허공의 사다리」에서

이렇게 세 번이나 희망을 점층해 가면서 시인은 술에 취한 채 한밤중에 아파트 계단을 오른다. 계단과 계단 사이에 작은 창이 나 있고, 바깥으로 검은 하늘이 보인다. 거기 달이 떠 있었으리라. "형편이 가장 누추"한 짐승이 도시의 어느 다른 곳에서 올려다본 그 달이었을 것이다. 순간, 계단은 하늘로 난 사다리, 달로 이어지는 통로가 된다. 뿔로써 살았던 현실이 시인의 마음에 생생하게 환지된다. "본래 천사였지만 서서히 타락해 버린/ 한 망혼(亡魂)이 내 가슴을 찢고 들어온다."(「기이한 탄생들」)

"오랜 비상으로 혼자가"(「향연」) 된 시인은 죽은 혼으로 살아간다. 어쩌면 비상은 인간의 일이 아니니, 이카루스가 보여 준 것처럼, 비상 자체가 추락일 수 있다. 천상에서 지상으로 추락한 천사라는 적선(謫仙) 의식, 삶이 죽음이 되는 현실에 대한 환기와 고발이 초조와 열패로 떨어지면서 시인은 점점 자존을 빼앗긴다. "세계와 불화하는 가장 극적인 방법은/ 사랑"(「기복」)이지만, 시인은 아마 아내나 연인으로 짐작되는 "당신"한테조차 "이 땅이 종착지는 아니오./ 잠시, 거치는 세계잖소."(「밀랍」)라고 중얼대듯이 말한다. 어쩌면 취중의 혼잣말일 수도 있다. 당신을 설득하려는 열변의 언어는 아니고 입술로부터 저절로 쏟아지는 한숨의 언어, 탄식하듯 말로써 힘을 덧대려는 애처로움이 거기 있다. 이미 죽은 자의 중얼거림과도 같고, 안간힘이 남은 망자의 절규와도 같다. 살아도 살지 못하고 죽어도 죽지 못하는 이 망혼의 인생에서 어떻게 탈출할 것인가.

광석을 모르는 고대인들은 운석을 주웠다지.

별의 살 껍질을 주워 칼을 만들고

우주의 상상으로 날고기들을 잘랐지.

마차를 타고 하늘로 올라가는 꿈을 꾸었어.

─「녹색섬광」에서

고대인은 운석을 주워 도구로 썼다. 운석은 천상에서 지상으로 내려온 존재다. 하늘로부터 내려온 천사다. 운석 대신 광석을 찾는 것, 즉 가치를 증식하는 환금(換金)의 용도만을 생각하는 것은 지상의 천사를 망령으로 만든다. 전생의 존재들인 고대인은 운석을 그 자체로, 우주적 존재로 이용함으로써 천사로 살았다. 운석을 주워 날고기를 자르며 "마차를 보고 하늘로 올라가는 꿈"을 상기했다. '줍다'와 '날-'이라는 말에 방점을 찍어 두자. 여기에 인간의 가공은 없다. 사물은 사물 그 자체로 자연스레 존재하면서 동시에 쓰인다. 이것이 바로 지상에서 천상의 존재를 제대로 대접하는 방법이다. 뿔 있는 존재를 자꾸 문질러 뿔 없는 존재로 가공하지 말고, 뿔 있는 대로 그 자리를 마련하는 일이다. 그러면 운석은 "마차를 타고 하늘로 올라가는 꿈"을 인간에게 돌려줄 것이라고, 그것이 뿔 있는 천사로서 살아가는 것이라고 시인은 말한다. "뿔, 하고 혼잣말을 되뇌"는 순간은 잠시일지라도 우리가 행복했던 시간을 회복하게 해 준다.

고통은 모두 참을 수 있지만, 뿔은 아니지.

뿔, 하고 혼잣말을 되뇌면 한동안 행복했는데.

잠깐이라도 내 머릿속을 텅 비울 수 있었는데.

너덜너덜해진 빈 육체가 되어 울고 있네.

뱀이 몸을 휘감아 숨을 쉴 수가 없네.

일상이 일상을 읽는 밤.

내 몸이 불어 터져 고통을 읽는 밤.

뿔을 잃고 읊조리는 밤.

— 「뿔」에서

　그러나 인간이 천사로 살아가는 그런 기적은 "고대"의 일이다. 시인의 현실은 비굴하고 비참하다. 허공의 사다리를 모조리 올라 봐야 달에 이를 수 없다. 사방으로 둘러싼 건물 숲이 고독을 재촉할 뿐이다. 이 땅에서 시인은 "너덜너덜해진 빈 육체"로 치욕을 견디며 살아가야 한다. "뿔을 잃고" 아픔 속에서 "돈도 없이, 기다리는 사람도 없이"(「허공의 사다리」) 홀로 살아야 한다. 그래서 시인은 이 삶을 '고름'으로 인식한다. 고름은 생명이 죽음과 싸우면서 남기는 고통의 잔여다. 시인에게 인생은 "한 발자국 디딜 때마다 발가락에 진물이"(「빙하의 고고학」) 흐르고, 내장은 온통 썩어서 흘러내리는 고름에 지나지 않는다.

　뿔을 잃고 살아가는 삶은 걸음이 걸어서 진물을 흔적으로 남기고, 삶이 살아서 죽음을 자국으로 남기는 삶이다. 시인은 "젖을 제때 짜지 못한 암소의 배엔 고름이 차고"(「나르치스」)라고 말한다. 고름이 들어찬 "암소의 배"와 같은 인생이라니. 아프고 끔찍하다. 젖은 모태로부터 새끼로 옮아가는 생명의 흐름이다. 이 흐름이 막히고 끊겨 고름으로 차오른다. 시인은 우리가 고름 속에서 태어나 고름을 품고 고름으로 살아가는 게 아니냐고 말하는 듯도 하다. 이런 삶은 죽음조차 구원하지 못한다. 시인은 말한다. "내 육체는, 썩으면 파리들과 구더기들의/ 생명의 성소(聖所)가 될/ 내 육체는, 아름다울까."(「주술적 인간」)

이 뼈아픈 질문에 대한 대답은 아마도 긍정이 아니라 부정일 것이다. 그 육체는 "어쩔 수 없이 사악하고/ 어쩔 수 없이 비겁한 인간"이 "흉하다"는 말을 듣지 않을지라도 구원받지도, 정화되지도 못한 채 묻힐 것이기 때문이다. 자, 그러니 뿔을 잃고 난 뒤 젊어서 이미 늙어 버린 이 고름 같은 마흔의 삶에서 어떻게 탈출할 것인가.

나르치스, 지금은 늙은 나이가 아니라고 생각하네.

사랑도 예술도 다시 시작할 수 있는 나이지.

한때는 죽음에 대한 두려움이 날 지탱해 간다고 생각했지.

죽음은 받아들이면 그뿐인데 말이야.

세상 그 어디에도 가장 마땅한 이유는 없네. 그럴듯할 뿐이지.

이 도시 속에서 나는 사십 년의 광야처럼 매일 순례하며 살고 있다네.

순례의 삶이 이 도시에 있다는 것을 자네는 믿겠나.

그리운 사람이 있다는 것이 얼마나 다행인지 모르겠네.

(중략)

나르치스, 자네는 따뜻한 포도주와 부드러운 빵을 원하겠
지만

나는 배추를 넣은 된장국을 먹고 싶네.

하얀 눈이 내린 들판을 홀로 걷고 싶은 날이네.

말이 없어도 언어가 없어도 알 수 있는 세계를 언제 알려
줄 텐가.

가장 힘든 길은 아름다운 길이라고 했나.

이제 순례를 떠날 때가 되었네, 나르치스.

자네의 단호한 목소리와 예감하는 눈빛이 그립네.

나의 고향인 대지의 소리가 귓가에 가득하네.

—「나르치스」에서

시는 어떤 깊은 좌절에서 시작한다. "사랑도 예술도 다
시 시작할 수 있는 나이"라는 말은, 시인의 몸이 더는 사랑
도, 예술도 할 수 없음을 역설적으로 환기한다. 지금 그가
처한 세계는 사랑과 예술을 하는 것이 삶이 아니라 죽음
을 떠올리도록 만드는 '도시의 세계'다. 도시의 삶은 시인
에게 깊은 상처와 불행을 가져왔다. 시인은 말한다. "내 치
성은 누가 알까. 아무도 도시에서 살라 이르지 않았다. 몸

바쳐 도시의 물로 목욕을 했다. 숭배했고, 굴종을 견뎠다.”
(「향연」) 도시에서 사는 일은 시인에게 숭배와 굴종이라는
노예로서의 삶을 강요한다. “멸시는 인간들을 억척스럽게
살아가게 하는 힘”(「주술적 인간」)이라고 할 정도로, 그 삶
은 인간적 모멸을 양분 삼는다. 도시에서 우리는 “어쩔 수
없이 사악하고/ 어쩔 수 없이 비겁한 인간”으로 살아간다.
사악과 비겁을 언제나 긍정해야 한다.

　이 타락한 세계를 시인은 “사십 년의 광야처럼 매일 순
례하며 살고 있다”고 말한다. 마흔이 또다시 등장한다. 시
인은 사십이라는 말에 주술 들려 있다. “사십 년의 광야”
는 무엇을 뜻하는가. 인생 사십 년이 고스란히 황무지라는
뜻인가. 도시라는 황무지를 사십 년 동안 살아왔다는 뜻
인가. 어느 쪽이든 똑같이 고통스럽다. 뿌리를 잃고 도시에서
노예로서 살아가는 이 삶이 “순례”라는 인식은 시인을 더
욱 큰 갈증으로 몰아넣는다. 순례란, 거룩함에 대한 갈망이
외화한 행위다. 세계 곳곳에 숨어 있는 성소(聖所)에 자신
의 몸과 영혼을 위탁하는 일이다. 헤르만 헤세의 소설 『나
르치스와 골드문트』에서 호출해 온 나르치스는 정신적, 종
교적 삶을 통해 거룩함에 이르려는 경건한 인물이다. 나
르치스의 입술을 빌려서, 시인은 “가장 힘든 길은 아름다
운 길”이라고 선포한다. “배추를 넣은 된장국”이 있는 세계,
“대지의 소리가 귓가에 가득”한 고향의 세계로 떠나는 순
례를 통해서 스스로를 정화하여 구원하려 한다.

어두운 숲속을 걷는다. 끈적한 머리칼이 나뭇잎 사이에 자꾸 걸린다. 어둠 속을 오래 걷다 보면 나무에 빛이 난다. 눈앞에 솟아 있는 수백 그루의 나무들. 빛나고 있는 나무에 등을 대고 있는 한 여인. 눈을 감고, 죽어 가고 있다.

그 나무에게로 가서 여인의 머리칼을 만진다. 마른 잎사귀처럼 머리칼이 부서진다. 어깨를 만지면 손가락이 살 속으로 푹 들어간다. 더 이상 만지지도 못한 채 숲속을 걷는다. 거대한 뿔이 달린 숫양이 다가와 고개를 숙인다. 숫양의 등에 타고 걷는다. 풀은 온몸을 흔들며 소스라친다. 나는 동굴 앞에 서서 한 노인을 만난다.

노인이 안고 있는 아이는 누구일까. 아이의 몸에 빛이 난다. 아이를 안고 새벽 여명이 올 때까지 풀숲에 앉아 있다. 노인은 또 다른 생을 훌쩍 뛰어넘는다. 풀이 부스럭거리며 웃는지 우는지 모르게 작은 빛을 낸다.

——「가운데 땅」에서

시인은 지금 어두운 숲속을 걷는다. "인생길 반 고비에 길을 잃고 나는 어두운 숲속을 헤매었네."라고 읊었던 저 단테처럼, 이 시의 화자 역시 숲속의 어둠을 헤치면서 빛을 찾는 중이다. 빛을 뿜으면서 수직으로 솟은 나무들은, 그러나 생명의 상징이 아니라 죽음의 흔적이다. 만질 때마다 부서져 먼지로 흩어지고 물러져 푹푹 파인다. 이 숲은 생명의 숲이 아니라 죽음의 숲이요, 대지의 소리가 아니라

망자의 흐느낌으로 가득하다. 어둠의 숲에서는 아무도 홀로 순례할 수 없다. 단테에게 베르길리우스가 필요했듯이, 시인에게도 죽음의 숲을 거쳐 생명의 대지로 이끌어 줄 인도자가 필요하다. "거대한 뿔이 달린 숫양"이, 그러니까 뿔이 죽음에서 죽지 않도록 떠받쳐서 시인을 이끌어 간다. 뿔이 이끄는 삶, 거기에 "빛나는 아이"가 있다. 일찍이 시인은 "이렇게 늙고 싶지 않다."(「나쁜 병」)라고 선언한 바 있다. 뿔이 이끄는 순례길 끝에 노인을 아이로 바꾸는 변화의 공간, 노인이 아이를 안고 "또 다른 생을 홀쩍 뛰어넘는" 영원한 젊음의 샘이 있다. 어쩌면 이 소년은 뿔 나기 전의 전생, 즉 어린 시절의 시인일지도 모른다. 뿔 없이 살아도 삶이 불모로 이어지지 않는 시절의 삶.

이 삶은 아름답지만 신화적이고, 자칫 퇴행으로 이어질 가망이 높다. 악마는 본래 달콤한 것으로 순례자를 꼬이는 법이다. 시인이 도통해서 선사가 되고 도사가 되어 버리는, 고향의 이미저리와 함께 저절로 모든 비틀림이 회복되는 무시무시한 초탈의 유혹을 시인은 간신히 비상 정지 시킨다. 시인은 차라리 여기 이 순간에서 버티기로 한다. "이 세계는 깨끗한 것만을 전시해./ 구더기도, 박쥐도, 검은 피도, 집 잃은 고양이도,/ 모두 숨겨."(「녹색섬광」)라고 시인은 말한다. "신성한 것들만 숨기는 음모"에 슬쩍 동화하는 대신에 시인은 차라리 자기 몸에 남은 온기를 지키려고 온몸을 웅크려 엎드리는 방향을 택한다. 아무도 믿지 않을지라도 "순례의 삶이 이 도시에 있다는 것"을, 이 도시 내부에서 보여 주려 한다. 제자리에서 버티고, 귀만 남은 몸으로 위치를 옹위한다. 그 대단한 결기가 다음과 같은 아름다운 시를 낳는다.

아직도 쓸쓸함을 사랑할 수 없나.
차가운 거리를 헤매다 방 안에 들어와
몸을 웅크리고 잠을 청할 때.
내 몸에 남아 있는 허약한 온기.
엎드려 시를 쓰는 사람.
엎드려 생각하는 사람.
엎드리는 일이 사랑하는 일이라지만
엎드리는 일은 자신을 잊는 일.
엎드려 이제
스스로의 온기로 인해 나는 살겠다.

─「불혹」에서

세계의 쏟아지는 폭력을 웅크리고 엎드린 채 등으로 견디면서 자신의 소리를 듣는 식물적 능동이 탄생한다. 마흔 살이 되고 뿔을 잃은 채 좌절하고 방황하면서도 시인은 세상의 추위를 외면하지 않고 스스로의 온기로 견디겠다는 염결한 자세를 버리지 않는다. 아아, 이것이 바로 뿔이 아니겠는가. 시인에게 여전히 뿔이 달려 있다는 증거가 아니겠는가. 이 시집을 읽는 사람은 누구라도, 이 시인을 좇아 "엎드려 이제/ 스스로의 온기로" 살아가야 하지 않겠는가.

지은이   이재훈

1972년 강원 영월에서 태어났다. 1998년 《현대시》로 등단했다.
시집으로 『내 최초의 말이 사는 부족에 관한 보고서』, 『명왕성 되다』가
있으며 저서로 『현대시와 허무의식』, 『딜레마의 시학』,
『부재의 수사학』, 대담집 『나는 시인이다』가 있다.
현대시작품상, 한국시인협회 젊은시인상을 수상했다.

벌레 신화

1판 1쇄 찍음 2016년 8월 5일
1판 1쇄 펴냄 2016년 8월 12일

지은이 이재훈
발행인 박근섭, 박상준
펴낸곳 (주)민음사

출판등록 1966. 5.19. (제16-490호)
서울특별시 강남구 도산대로1길 62(신사동)
강남출판문화센터 5층 (06027)
대표전화 515-2000 / 팩시밀리 515-2007
www.minumsa.com

ISBN 978-89-374-0845-8
       978-89-374-0802-1 (세트)

본 도서는 한국출판문화산업진흥원 2016년 우수출판콘텐츠 제작 지원 사업
선정작입니다.

민음의 시

민음의 시
목록